1352 bis

APOSTROPHE
SVR LA MORT
DEPLORABLE DE
Monseigneur le Duc
de Mayenne.

DEDIE'E

A MONSEIGNEVR
le Duc de Rethelois.

Par Guy Giraudeau

A PARIS,

Par GVILLAVME CITERNE, démeu-
rant au Carrefour saincte Geneuiefue,
à la Roze blanche 1621.
Auec Permißion.

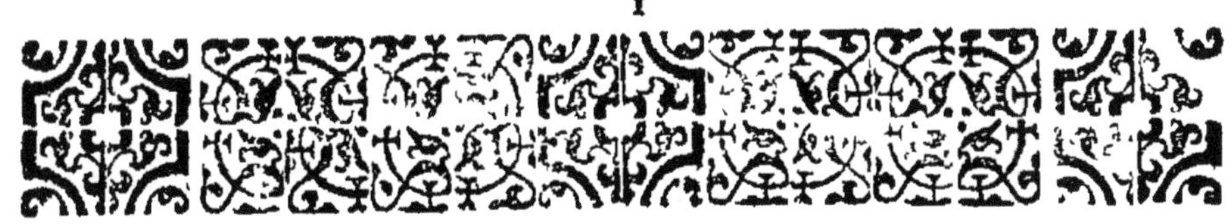

A TRES-ILLVSTRE

Prince François de Gonzague, de Cleues, Duc de Rethelois, Gouuerneur, & Lieutenant general pour le Roy en Champagne, & Brie, &c.

ONSEIGNEVR,

Ce n'est pas pour accroistre les larmes que vous versez, vrais tesmoins de la viue douleur que vous ressentez de la mal-heureuze & dommageable perte de ce grand Prince & grand Capitaine Monseigneur le Duc de Mayenne, de tres-chere memoire; que ie vous presente ces vers que le dúeil de la France m'a fait escrire de ses pleurs, pour representer comme en vn tableau le poignát creue-cœur qu'elle ha dans l'ame

de cette triste infortune. Mais pour m'es-
forcer de vous apporter quelque consola-
tion, si tant est que ce soit vn soulagement
aux affligés de voir tout vn monde tou-
ché du mesme mal qui les fait iustement
plaindre. Et bien que vostre suiet consi-
deré en particulier, semble deuoir pro-
duire des regrets & des plaintes au dessus
de qui que ce soit. Neantmoins le public
n'estime pas, MONSEIGNEVR, qu'il y
aie quelque douleur pareille, ou pour le
moins plus grande que la sienne, estant
proportionnée à l'indicible perte qu'il a
fait. C'est pourquoy s'il est capable de
vous donner quelque remede pour vostre
deuil; C'est auec la hardiesse d'en pren-
dre vn pareil de vous, qui n'est autre que
l'espoir qu'il conçoit, que combien qu'il
ne reste plus que l'honoree memoire de ce
grand Duc, aueque l'obligation que la
France luy doit : Toutesfois vous comme fils de Monseigneur le Duc de Neuers

qui a rendu tant de preuues de ſa valeur
& de ſon courage tant dedans que
dehors le Royaume , & comme Ne-
ueu, plus proche & de meſme ſang d'vn
coſté que feu Monſeigneur le Duc de
Mayenne , ſuccedant en ſa place & mar-
chant en ſes pas , ſerez à la France bien
toſt vn autre Duc de Mayenne, grand de
courage & d'affection à ſon bien, & de fi-
delité au ſeruice du Roy , ſemblable à ce
Rameau d'or, lequel n'eſtoit pas pluſtoſt
attaché, qu'vn autre renaiſſoit tout ſou-
dain flamboyant de meſme or que le pre-
mier. Ce ſont ſes vœux plus affectionnés
& ſes penſees plus cheres, leſquelles eſti-
mant que vous aurez touſiours pour tres-
agreables, ie n'ay point eu crainte de les
vous preſenter, en eſperance que vous les
receurez d'vn bon œil par les mains de ce-
luy qui vous ſouhaite autant de benedi-
ctions que la France ha de beſoin que le
Ciel en influë en voſtre Grandeur pour

son repos, le seruice du Roy & le bien de
son estat. Ce pendant ie suis & seray toute ma vie,

MONSEIGNEVR,

> Vostre tres-humble & tres-
> obeissant seruiteur GVY
> GIRAVDEAV.

APOSTROPHE
SVR LA MORT
DEPLORABLE DE
MONSEIGNEVR LE DVC
de Mayenne.

MOnstre vomy du creux des Enfers homi-
    cides
Que Plutõ mesme hait & les sœurs Tenarides
Tant il loge d'horreur dedans ton corps infect,
    Inhumain qu'as-tu faict?

Poussé du noir esprit qui t'agite & te mene
Cruel, tu as occis le grand Duc de Mayenne,
Et d'vn funeste coup as esteint le flambeau
    Qui nous luisoit plus beau.

Quoy? maudit assassin, as-tu bien eu l'audace
Quoy que sorty du styx ta malheureuse race
D'attenter à sa vie & d'attaindre son corps
    Sauué de mille morts?

Les armes, quelque part qu'il respãdist sa gloire
N'auoiẽt onc' mis d'obstacle à sa mainte victoire
Soit qu'elles luy portoient l'honneur qu'elles de-
    Ou qu'elles ne pouuoient.   (uoient

Voire ton arme impie encore que trempee
Dans l'onde à neuf replis eust ta rage trompee
Et la balle qui l'a percé de part en part
    Eust donné autre part.

Si tõ cœur plus meurtrier n'eust animé sa force
De son venin mortel, s'il n'eust bruslè l'amorce
De sa braise infernalle & n'eust accompagné
    Le globe destiné.

Car vn autre enuoyé du tenebreux repaire.
Ne pouuoit accomplir ce cruel ministere;
Meschãt et malheureux, mais biẽ plus ignorãt
    Du coup que ta main rend.

As-tu point estimé que ton ame vipere
Venant rompre le fil d'vne vie si chere
Sauuoit d'vn long delay toute la legion
    De l'Irreligion?

Le temps le fera voir, dont l'aile vangeresse
Fera tousiours saigner l'vlcere qui nous blesse
Et son sang par la France à ruisseaux épancher
  Au lieu de l'estancher.

Mais ce sera le sang de l'Huguenot rebelle
Que ton coup respandra par la playe mortelle
De ce Duc;iusqu'a tant que de son flanc percé
  Il soit tout espuisé.

Ne vois-tu pas des-ja le peuple autant fidelle
A son Roy, qu'impuissant en ceste mort cruelle
De feindre son desastre, & de ne mõstrer point
  La douleur qui le poingt,

Qui demy forcené sans chef, sans frein, s'anime
Pour punir de ses mains ton detestable crime;
Et ainsi que de voix, faire voir par effect
  La perte qu'il a faict.

Non seulement les Osts plus que iamais auides
De vengeãce, mettroient tes mẽbres parricides
En morceaux, & to⁹ ceux lesquels t'ont appellé
  En leur mur rebellé.

inçois le peuple espars aux champs, & dans
les villes
Auroit ja faict passer toutes les tourbes viles
Restantes de Caluin, par le feu & le fer
        Dans le gouffre d'Enfer.

N'estoit d'autre costé, que le Roy magnanime,
Par qui ce Prince aura pour iamais de l'estime
Le retient & le force au fort de sa douleur
        De taire son malheur.

Car la punition de la mort d'vn tel homme
Que la France gemist & le monde renomme
N'appartient dignement qu'au Roy puissant
        & fort
        Pour lequel il est mort.

Et nostre Heros vainqueur ne veut tremper
        ses armes
Que dans le sang mutin des coupables gen-
        darmes.
Et ceux qui rebelles font changer sa douceur
        En vn fleau punisseur.

Les autres qui ne ſont, ce ſemble, ſi coupables
Mais la cauſe auſſi biē de nos maux lamētables
Peuuent obeiſſans a ſes commandemens
    Fuir ſi durs chaſtimens.

Il eſt également pitoyable & ſeuere
Pour regir ſes ſuiets dans vn eſtat proſpere,
Trauaillant iour & nuit à fin de les ſauuer
    Et de les conſeruer.

Quelle face auras-tu, chere terre, almè Frāce
Lors que ton Roy chery armé de ſa vaillance
Et meu de ſa pitié, aura purgé ton ſein
    D'vn ſi damnable eſſein!

Qui a veu quelquefois vne pauure nauire
Que la bouraſque aſſaut, agite, tourne & vire
Que la pluye & la nuiĉt & le vent & la mer
    Coniurent d'abyſmer.

Enfin par le ſecours de l'aſtre fauorable
La tempeſte ſ'abbat; vn iour naiſt adorable
Neptun' calme la vague & tire le vaiſſeau
    Cent fois perdu dans l'eau.

On ne peut exprimer de voix la ioye extreme
Des mariniers sauuez de cette Parque bléme
Mais ta ioye ô François libre à iamais de soing
La passera de loing.

En ces iours fortunez la main des Destinées
Te promet le bõ-heur de mille & mille années
De Iustice & de Paix meres d'vn siecle d'or
Qu'on n'a point veu encor.

Car rien ne demeur'ra de l'antique malice.
Apres auoir aux Dieux fait humble sacrifice,
On n'employ'ra le tẽps qu'à chãsons & à ieux
Chastes & amoureux.

Mais maintenant helas! rendons à la memoire
D'vn Prince si vaillãt ce que requiert sa gloire
Appaisõs pour le moins de pleurs saints et sacrés
Ses Manes reuerés.

Lamenter le Destin de sa mort desastreuze
C'est plaindre et detester la cause malheureuze
Qui retarde & retient le bon-heur suspendu
Du repos attendu,

Mais que sert d'inciter aux clameurs & aux
    plaintes
Les esprits des François qui sentẽt ces attaintes
Si viues, que plustost on les deust soulager
    Que non pas affliger.
On n'eut si tost porté d vne course soudaine
Ceste triste nouuelle à la riue de Seine
Que son Dieu dãs le flot plus que iamais trou-
    De dueil s'est accablé.   (blé
Il n'a paru depuis;ains caché dessous l'onde
A laissé de regret sa coche vagabonde
Oubliant en son mal tant de riches vaisseaux
    Qui couronnent ses eaux.

A mesme temps le peuple estonnè de l'encombre
Paroist premierement assoupy, triste et sombre;
Puis ouurãt tout d'vn coup la voie a ses esprits
    Trouble tout l'air de cris.

Il est tout insensé de cholere & de rage,
Vn desir de vanger maistriʒe son courage
Et parmy ses regrets, ses plaintes & ses pleurs
    Allume ses fureurs.

O quelle voix de fer pourroit faire cõprendre
Combien cruellement cette mort alla fendre
La poictrine & le cœur des belliqueux soudars
  Qui suiuoient ce grand Mars!

Pour lors ils n'eurent rien pour armes que leurs
  larmes,
Oublieux d'attaquer les contraires gendarmes:
Bref, ils firent tel dueil que le mur assiegé
  En fut mesme affligé.

Iamais fils bien aymé en la mort de son pere
N'eut l'esprit abbreué de douleur si amere,
Que l'armee Françoise eut alors dans le cœur,
  D'enfielé creuecœur.

Tout ainsi que le ciel est l'honneur de ce monde,
Le Soleil du haut ciel, & la lumiere blonde
Du Soleil, ce grand Duc estoit l'honneur
  Des courages Gaulois.   (françois.

Le Roy qui cognoissoit vne si fidelle ame,   (me,
Ne regretta pas moins son malheur qui l'enflâ-
Il soupira long-temps, puis iura dans son cœur
  D'en estre le vangeur.

Tout tout pleura ce Prince, & sa perte indicible
Mesmes ce qui n'a point de vie fut sensible
A son cruel trespas, & l'air fut allumé
    Outre l'accoustumé.

On dit qu'apres le iour du Prince d'Italie,
Le Soleil s'affubla d'vne mante obscurcie
De dueil outré de perdre vn Cæsar sans espoir
    De iamais le reuoir.

Mais pendant que souz nous Phœbus & sa
    sœur roulent
Peu auant que les iours derniers de ce Duc cou-
Le ciel resplendit tout, & en pleine minuit (lent
    Vn beau iour nous reluit.

Signe tres-asseuré de la gloire immortelle
Que le ciel preparoit à vne ame si belle,
Que les François pouuoient plus long-temps
    Que non pas esperer.   (desirer.

Or tandis qu'elle boit le nectaré breuage
Pour auoir bien seruy son Roy vaillant et sag
Ma plume à son honneur va tracer ces beaus
    Par tout cet vniuers.   (ver

Ors que LOVYS LE IVSTE au printemps
    de son âge,
Merueille de nos Roys, monstroit par son cou-
    rage
t ses exploicts guerriers que la race des Dieux
    N'estoit pas toute aux cieux.

Lors que son bras armé dedans sa propre terre,
aisoit sentir l'effort de maint puissant tõnerre
sa ville rebelle, & alloit foudroyant
    Les murs de Montaubant.

e grand Duc qui n'auoit rien trop que la vail-
    lance,
'espee des François, & leur f rte deffense,
ut percé d'vn mousquet le chef par le milieu
    En remarquant le lieu.

andis que les François honoreront la gloire
es Preux occis pour eux, sa diuine memoire
iura nõ seulemẽt dãs leurs liures vainqueurs,
    Mais aussi dans leurs cœurs.
        FIN.

www.ingramcontent.com/pod-product-compliance
Ingram Content Group UK Ltd.
Pitfield, Milton Keynes, MK11 3LW, UK
UKHW020120100726
13658UKWH00005B/2295